親愛的鼠迷朋友，
歡迎來到老鼠世界！
這裏精彩絕倫，奇妙無比！
你們一定能夠在這裏盡情享受。
嘿嘿，這可是史提頓說的！

謝利連摩·史提頓
Geronimo
Stilton

快看，這就是我的辦公室！大家即將閱讀的這個故事，
就是在這裏完成的呢！
每到夏天，我都會邀請全家來這兒一起享受冰淇淋的美味。
這是多麼愜意呀！只要⋯⋯
別有誰敲門！

老鼠記者108

世界薄餅冠軍
IL CAMPIONE DELLA PIZZA

作　　者：Geronimo Stilton　謝利連摩・史提頓
譯　　者：陸辛耘
責任編輯：胡頌茵
中文版封面設計：李成宇
中文版美術設計：劉蔚
出　　版：新雅文化事業有限公司
　　　　　香港英皇道499號北角工業大廈18樓
　　　　　電話：(852) 2138 7998
　　　　　傳真：(852) 2597 4003
　　　　　網址：http://www.sunya.com.hk
　　　　　電郵：marketing@sunya.com.hk
發　　行：香港聯合書刊物流有限公司
　　　　　香港荃灣德士古道220-248號荃灣工業中心16樓
　　　　　電話：(852) 2150 2100　傳真：(852) 2407 3062
　　　　　電郵：info@suplogistics.com.hk
印　　刷：中華商務彩色印刷有限公司
　　　　　香港新界大埔汀麗路36號
版　　次：二〇二四年七月初版

http://www.geronimostilton.com
Based on an original idea by Elisabetta Dami.

Art Director: Fernando Ambrosi
Graphic Project: studio editoriale copia&incolla, Verona
Artistic Coordination: Lara Martinelli
Cover Illustration: Alessandro Muscillo (Cover adapted by Sun Ya Publications (HK) Ltd.)
Story Illustrations: Alessandro Muscillo
Illustrations for the Graphisms by Andrea Benelle.
Graphic Design: copia&incolla, Verona
Layout: Marta Lorini
Geronimo Stilton names and characters are trademarks licensed to Atlantyca S.r.l.
All Rights Reserved.
The moral right of the author has been asserted.
No part of this book may be stored, reproduced or transmitted in any form or by any means, electronic or mechanical, including photocopying, recording, or by any information storage and retrieval system, without written permission from the copyright holder.
For information address Atlantyca S.r.l., Italy- Corso Magenta, 60/62, 20123 Milan, foreignrights@atlantyca.it
www.atlantyca.com
Stilton is the name of a famous English cheese. It is a registered trademark of the Stilton Cheesemakers' Association.
For more information go to www.stiltoncheese.co.uk
ISBN: 978-962-08-8423-8
© 2023 Mondadori Libri S.p.A. for PIEMME, Italia
International Rights © Atlantyca S.r.l. Italy
Traditional Chinese Edition © 2024 Sun Ya Publications (HK) Ltd.
18/F, North Point Industrial Building, 499 King's Road, Hong Kong
Published in Hong Kong SAR, China
Printed in China

老鼠記者
Geronimo Stilton

世界薄餅冠軍

謝利連摩・史提頓
Geronimo Stilton

新雅文化事業有限公司
www.sunya.com.hk

目錄

菲·史提頓

謝利連摩的妹妹，
《鼠民公報》的特約記者。

多愁·黑暗鼠

恐怖片導演，
謝利連摩的「女朋友」。

蕾貝拉·強壯鼠

謝利連摩的鄰居，經營一家
事務所，為鼠民解決難題。

史奎克·愛管閒事鼠

謝利連摩的好友，是一名私
家偵探，他愛管閒事，最喜
歡捉弄謝利連摩。

金薄餅

那天晚上，我比平時下班得要早……什麼什麼，什麼下班？

啊呀呀，不好意思，我都忘了自我介紹……

我叫史提頓，**謝利連摩·史提頓**！

我經營着老鼠島上最有名的報紙——《**鼠民公報**》，屬於 G.S.G.，也就是**謝利連摩·史提頓集團**！

我對工作一向投入，不過那天，有件事實在推脫不了……更何況，這件事**不同凡響**……我絕不能錯過！你們是不是越來越好奇了呢？

嘿嘿，那就告訴你們吧！是我表弟賴皮啦！*（沒錯，除了他還能有誰，耍賴大王！）*是他邀請我共晉晚餐。那可不是在什麼隨隨便便的地方，而是「金薄餅」！要知道，這可是妙鼠城最新開業的*網紅薄餅店*，而且偏偏就開在賴皮薄餅店的對面*（沒錯！就是我表弟的店）*。

就這樣，我散步了一小段路程，到達港口，來到了金薄餅店舖門前。突然，賴皮不知從哪兒冒了出來，一開口就責備我：

「你遲到啦！」

我莫名其妙，反駁說：「什麼？現在才6點30分啊！我還打算先四處轉轉再吃飯呢……」

「什麼什麼，你說什麼？」他不耐煩地叫道，「沒時間啦！」

說完他便「嗖」的一下把我**拽進了**店裏。

咕吱吱，急什麼嘛！

只見他風風火火衝向服務員，說道：「你好！我們兩位，有預訂，名字是謝利連摩・史提頓！」

什麼？他居然用我的名字訂座？我正想要他**解釋**，但想想還是算了：我表弟就是這樣，他要是有了什麼主意，我永遠是最後一個才知道！

服務員一臉得意地說道：「噢，你就是謝利連摩·史提頓呀！怎麼最後一刻才想到打電話訂座？哎喲，真是天真，真是單純，真是個**大傻瓜！**總之，我在電話裏已經說了，我們只剩下最後一張小桌，而且只有6點30分到6點50分的用餐時間，全店都已訂滿座，要幾周後才行！」

我不禁問：「什麼？幾周後？你們不是10天前才剛開業嗎？」

「沒錯！」他趾高氣昂，一邊回答，一邊領我們入座。

我震驚了，對賴皮說：「沒想到他們家生意這麼紅火！看來一定很好吃！」

但賴皮卻又**責備起我：**「喂，大笨蛋表哥，你到底是哪一邊的？」

我一頭霧水：「什麼意思呀？什麼叫我是哪一邊的？」

他不禁尖叫：「明明我店裏就有舔着鬍鬚都不肯放的薄餅，你可別告訴我，你更喜歡這些不值錢的廉價食物！」

我連一塊乳酪硬殼都聽不明白呀：為什麼賴皮會這麼小題大做？？？

服務員卻朝我們投來不屑的目光：「這位先生，你說我們的薄餅是

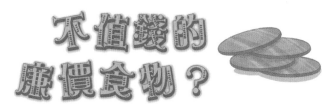
不值錢的廉價食物？

我看，你應該好好試試才對！」

說完，便把菜單塞進了我們的爪子⋯⋯

我以一千塊莫澤雷勒乳酪的名義發誓，服務員說得沒錯！什麼不值錢⋯⋯

「賴皮，這些薄餅，價錢貴得快讓我暈倒了！」我吃驚得目瞪口呆。

只見賴皮吸了口氣，然後對服務員說道：

「那我們就試試！每種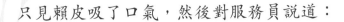薄餅都來一份！」

我差點彈了起來：「你說什麼？你是幾天沒吃飯了嗎？你知道這得多少錢嗎……」

他卻聳了聳肩：「反正是用你名字預訂的，大笨蛋表哥。服務員說得沒錯，你果然天真！」

唉，這下我終於明白，他為什麼會邀請我共晉晚餐……是讓我付帳啊！

我正想反駁，他竟開始對店裏的每一處細節評頭論足……還**扯大了嗓門！**

　　「你倒是說說，這家店有什麼特別之處？」他大喊，「**金**盤子？水晶杯？奢華座椅？噗！有什麼了不起的，誰都能做到！」

　　我試圖讓他冷靜：「噓，你這樣太沒禮貌了啦！能不能小聲點……」

　　賴皮卻嘲笑我：「哈，一看你就是個不懂餐

具和桌椅的！」

隨後，他又指向巨大的**水晶吊燈**。此刻，輝煌的燈光正照亮整個大廳……

「哼，統統都是噱頭！」賴皮轉向鄰桌的顧客，沒好氣地說道：「你們看看這**反射光**，難道不暈嗎？你們想不想做個採訪？我表哥在這兒，他就是著名記者謝利連摩‧史提頓……」

我有些尷尬，試圖緩和氣氛：「沒有啦沒有啦，這燈光不是挺好嘛……」

但他卻用爪子捂起臉來，一副不忍直視的樣子：「一看你就是個不懂燈飾的！」

隨後，他又轉向另外一桌客人：「你們看看這**桌布**！哼，我真從沒見過哪家薄餅店會用白色配上金燦燦閃亮的桌布！你們應該去網上發條**差評**，讓他們低調一點！」

這時，我和服務員的目光交匯了：只見他的雙眼幾乎要噴火。

我連忙說道：「沒有啦，你也太誇張了！」

周圍的顧客紛紛注視着我們，說道：「他就是著名的謝利連摩·史提頓？怎麼會是這樣一個粗魯的傢伙……」

咕吱吱，真是**太丟臉了啦！**

幸好，這時服務員端上了熱氣騰騰的薄餅。這下，賴皮至少能安靜一會兒了吧？沒想到，我錯了……

只見他吞下一塊薄餅，然後張大嘴**喊道：**「噗！太可哈（怕）了！不對，簡直是沒哈（法）吃！」

所有顧客都朝我們投來驚訝的目光。我不禁咕噥道：「你說什麼呀，哪有這麼糟！」

賴皮卻吼了起來：「一看你就是個不懂**薄餅**的！」

我不禁在他耳邊小聲說道：「好了，適可而止！我承認，這個地方是有點誇張，但你這麼大聲喧嘩，真的很不禮貌。如果你不喜歡這兒，為什麼今晚非要過來呢？」

這時，他把手機舉到我面前，上面顯示的是對賴皮薄餅店的評論……真的**很差勁！**

賴皮薄餅店……真是一言難盡！千萬不要踩坑！店主極不耐煩，菜單亂七八糟，裝飾破破爛爛，薄餅普普通通！還好還好，就在他們家對面，開了家新店，叫金薄餅……那才是真正的頂級薄餅店！一定要試試！

他嘟囔着說：「我的薄餅店收到了太多差評，現在『金薄餅』又開到了我對面，真的要完蛋了啦！我就是不明白嘛，它到底哪裏比我的店好！」

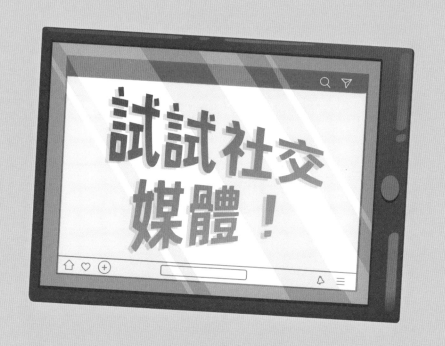

這時，服務員湊了過來，一副氣勢洶洶的樣子：「兩位，已經 6 點 50 分了，你們必須立刻離開！」

賴皮**火冒三丈**，回應道：「不是你們趕我們走，是我們自己待不下去了！」

因為尷尬，我的臉漲得通紅，只能把他拖去收銀台。「不好意思，呃，下次再見……」

我正要付錢，聽到收銀員對一位服務員說道：「快去看看Ⓥ.Ⓘ.Ⓟ.那一桌是不是準備就緒了。傑克和吉爾馬上就到！」

賴皮的態度立刻一百八十度大轉彎。只見他**笑瞇瞇**湊了過去，問道：「傑克和吉爾？你說的是那兩位著名網紅博客？」

對方回答：「沒錯！今晚我們要說服他們，『金薄餅』就是他們尋找的場地！」

賴皮小心翼翼地問道：「他們在尋找**場地**？」

「沒錯！這又不是什麼秘密！他們正四處挑選下一場美食評選直播節目的地方。肯定會

是一家薄餅店啦，因為他們**非常喜歡**薄餅！看着吧，他們一定會選金薄餅的。不是我誇張，現在還有哪家薄餅店比我們更火紅？」

賴皮一副急匆匆的樣子，對我説道：「我的好表哥，聰明的大表哥，我們得走啦！」

我回答：「可不是嘛！難道還等着讓人家來趕⋯⋯」

這時他打斷了我：「不是不是，是我有了一個計劃！」

不是吧?!**我有了一種不祥的預感。**

賴皮一邊拽着我朝他的薄餅店走去，一邊繼續説：「我會説服傑克和吉爾選擇**我的店**。到時候，名氣、生意、財富，什麼都有了！我再也不用擔心競爭對手了！」

説完，他便露出得意的笑容：「啊哈，勝券在握啦！」

而我卻一頭霧水。

我問他：「你拿什麼和『金薄餅』抗衡？拿什麼去說服傑克和吉爾：你的店才是他們的理想場地？有太多**事情**要籌備了⋯⋯」

他沒好氣地說道：「你說得對，親愛的表哥，你說的都對！總之，我什麼都聽你的。請問，有何指教？」

不是吧？！他這話，究竟是什麼意思？

不祥的預感越來越強。

只聽賴皮歎了口氣：「行啦行啦，一切都按你說的做。」

我回答：「但我什麼也沒說呀⋯⋯」

「才怪呢！你剛才不是說了嘛！有太多事要做⋯⋯所以，你的**幫助**，我照單全收！你一直說什麼來着？只要團結，就能做到！」

我四下察看了一番……

賴皮的薄餅店我可太熟悉啦：牆上是他穿着薄餅廚師服拍攝的照片，還有他**常說的話**……

桌布、盤子還有杯子，每一個都不一樣……

店裏從來不放音樂，只有他邊彈**結他**邊即興創作的小曲，不像金薄餅，有自己的專屬電台。

不臭的薄餅，不能叫薄餅！

一日一薄餅，醫生遠離我！

賴皮薄餅之王！

我歎了口氣：「那好吧。不過賴皮，別忘了最重要的事⋯⋯」

「**宣傳**！」他高喊道。其實他根本沒在聽我説，而是忙着擺弄手機，「傑克和吉爾自然會為我做宣傳，呵呵呵！我剛在他們網站上登記完畢⋯⋯太好了！他們已經批准了我的申請！很快就會來實地考察，就在⋯⋯」

我不禁尖叫：「咕吱吱！兩天後？我們怎麼可能做到嘛！」

賴皮卻**不以為然**：「為什麼你總是這麼悲觀⋯⋯」

隨後，他不屑地說道：「不費吹灰之力，我就能贏得這場挑戰！」

我堅持道：「我們一次只能專注一件事。我剛才想對你說，最重要的是……」

「包裝！」他邊點頭邊說，「包裝決定一切！要讓這兩位網紅眼前一亮，只需要模仿『金薄餅』就行。我已經在網上查了，這家薄餅店的確最熱門，最有希望獲勝……不過我敢肯定，他們一定不會笑到最後！」

「賴皮，相信我，最重要的是……」

「裝潢！桌布！制服！」

「沒錯沒錯沒錯！」他大喊。

說着他便列出了一串需要改進的事項，可是，他怎麼就不明白，最重要的到底是什麼呢？！

25

我終於忍不住喊道：「你說的都對！可是，最根本的東西是……**薄餅餅餅餅！**」

賴皮突然沉默了。

呼！看來，他終於明白了！

但他居然一臉不以為然：「我的**薄餅**……已經很完美啦！」

咕吱吱！我實在受不了啦！「賴皮，你知不知道自己的**問題很嚴重**？你需要幫助！」

他回答：「是的，好！不好意思，親愛的表哥，我很感謝你的幫助，真的非常感謝。」

接着，他居然誇張地跪了下來，繼續說：「求求你了，千萬別拋下我！我可是你的表弟！血濃於水啊！」

他都這樣了，我還能怎麼辦！於是，我便召集起整個**史提頓團隊**。如同往常一樣，大家一呼百應。

強大
無敵的
團隊

　　第二天一早，大家就一個接一個來到了匯合點……麗萍姑媽、馬克斯爺爺、我的妹妹菲、姪子班哲文和他的好友翠兒，還有我的好友多愁……多虧了**消息傳遞**，沒過多久，朋友們也紛紛到來：史奎克·愛管閒事鼠、艾拿、蕾貝拉·強壯鼠、艾迪·凱曼等等……

我們都知道互相幫助有多重要。我們彼此**相親相愛**，雪中送炭，齊心協力。

我們是史提頓團隊，強大無敵！

啊，現在我終於安心了：有這麼多親朋好友幫忙，一定能和我一起說服賴皮：凡事最重要的是**本質**，而不是外表。

於是，我興奮地喊道：「謝謝大家趕來幫忙！我想，大家一定同意我的看法，目前最重要的是……」

馬克斯爺爺一臉威嚴：「孫兒啊，我知道問題在哪兒！這裏需要的是**秩序**！」

馬克斯爺爺

麗萍姑媽

麗萍姑媽用手指摸了摸椅子，歎了口氣：「灰塵太厚了！需要來一次**大掃除**！」

賴皮心不在焉地點了點頭：「好啦，行吧！你們說了算啦！」

我試圖把話題引回重點：「你們說的都對，但我的意思是……」

面貌一新小隊

菲

蕾貝拉

多愁

我的朋友蕾貝拉大喊：「這裏簡直像**火葬場！**」而多愁卻說：「乾脆像個火葬場倒好呢！問題是，這地方毫無個性……簡直是一副沒有**吸血鬼**的棺材！」

蕾貝拉和菲不約而同跟她擊了個掌，說：「那就交給我們！這裏需要好好裝潢，面貌一新！」

賴皮心不在焉地答道：「好，好！」

我**歎了口氣**：「好吧。但現在我想說說……」

就在這時，班哲文又喊道：「音樂！要打敗金薄餅，就得考慮方方面面！」

搖滾小隊

班哲文

翠兒

30

翠兒也回應道：「沒錯！我們可以布置一個**超級大舞台**，邀請妙鼠城裏的超級樂隊來演奏！到時候，傑克和吉爾一定喜出望外！」

　　賴皮連忙説：「好的好的，隨你們！」

　　我越來越困惑了：「但對我來説，薄餅才是最大的**問題**呀！」

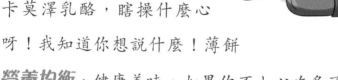

健身小隊

艾拿

艾迪·凱曼

　　這是，艾拿拍了拍我肩膀，力氣大得我差點喘不過氣：「你這個斯卡莫澤乳酪，瞎操什麼心呀！我知道你想説什麼！薄餅**營養均衡**，健康美味。如果你不小心吃多了，那可不是它的錯！不過不用擔心，我會通過健身計劃幫你保持身材！」

我沒好氣地說道：「哎呀，我說的不是我自己啦……」

但我鄰居艾迪‧凱曼卻極度渴望健康飲食。只見他認真地點了點頭，說道：「就是嘛！我們為什麼要局限在你這個個案上，明明可以幫到薄餅店裏的所有顧客！我已經想好了健身特別菜單，採用全新頂級健康食材：棉花籽提取物、角豆粉精華、羅勒花瓣……保證讓大家目瞪口呆！」

「而且骨瘦如柴！」我不禁咕噥道。

我轉身看向賴皮，以為他一定反對，但他卻說：「啊，好啊，沒問題……」

我不禁大喊：「賴皮，你是認真的嗎？所有這些都很花時間……你怎麼可能在兩天裏做到？」

他卻胸有成竹地說：「親愛的表哥，你說得太對啦！我肯定做不了……可是你做得到啊！

謝謝！」

　　我雙爪交叉，抱在胸前，直搖起頭。

　　他卻悄悄湊了過來，一副可憐巴巴的樣子：「哎呀，表哥，你怎麼忍心在這麼關鍵的時刻拋下我！我這是在做大事，天大的事！你明不明白？」

　　隨後，他朝着**廚房**的方向眨了眨眼。

　　我恍然大悟：啊，我的表弟終於明白了！薄餅的事，會由他親自負責！

　　我不禁挺起胸膛，胸有成竹地說道：「早說嘛！賴皮，你放心，別的事交給我就行！」

　　只見他轉身對大家喊道：「你們聽見了嗎？！現在一切交給啫喱全權處理！我走啦，**拜拜！**」說完便一溜煙進了廚房。還沒等我回過神，大家已經七嘴八舌找我說起要做的事。啊啊啊，我受不了啦！

咕吱吱！這下我**麻煩大啦**！

幸好，慢慢地，我逐一完成了大家分配給我的所有任務。

這一天終於到來。傑克和吉爾是否會選擇賴皮薄餅店，就在此一舉！

下午5點正，薄餅店的大門「砰」的一聲打開。走進來的是賴皮，身上穿着件**奇怪的**制服：「登登登登！我精心準備的特效怎麼樣？是不是驚豔全場？！」

我驚得目瞪口呆，腦海中閃過無數問號⋯⋯

他不是在廚房裏嗎？

他為什麼會穿成這樣？

還有⋯⋯**薄餅**究竟在哪兒？

到底
是什麼
特效？！

　　我一句話都説不出。幸好有史奎克‧愛管閒事鼠！他吱吱叫道：「為什麼誰也沒看見你從廚房出來？你是怎麼做到的？」

　　翠兒又問：「為什麼你今天這身打扮穿得像**威尼斯的貢多拉船夫？**」

　　馬克斯爺爺也説話了：「還有你説的特效，究竟在哪裏？」

有沒有搞錯？難道就沒有誰想起來問他薄餅的事嗎？

與此同時，賴皮說道：「首先，廚房有後門；第二，這是我最新的**薄餅大廚制服**，盡顯意大利時尚風采；第三，至於特效嘛……當然是我自己啊！難道你們不覺得我氣宇軒昂、魅力十足、難以抗拒？」

說完，他便朝我們擠了擠眼。

大家誰也不敢說什麼，我呢……唉，就像一團沒有酵母的麵團一樣，乾癟無力！

好不容易，我才勉強擠出幾個字來回應：「可是，賴皮……哪裏有

薄餅？」

賴皮立刻朝我瞪大了雙眼：「咦？這不是歸你管嘛？！」

咕吱吱！為什麼這樣的事總發生在我身上呀？

賴皮**拍了拍**我肩膀，大喊：「好啦好啦，不要一副哭喪臉！現在我們一起做不就行了？」

就這樣，我們很快制定出一個**應急計劃**：大家分成兩個小組，分頭行動：一組負責場地布置，另一組準備薄餅。

到了6點55分，賴皮已經抑制不住激動的心情。他不停**穿梭**在桌子間，不時興奮地尖叫：「這個弄好了，那個也好了，但是這裏不行，怎麼誰也沒發現呢？」

我看向他，一臉嚴肅，他卻大笑着說：「好啦，好啦，謝利連摩，放心放心！」

隨後他又說道：「說到底，有我這樣魅力十足的薄餅師，啊不，是薄餅店店主……還有什麼事能出岔子？」

我回應道：「你說什麼？讓我告訴你，還有好多事！」

這時，翠兒低聲說：「我們有個大麻煩。唯一答應我們要來演奏的樂隊不來了……」

賴皮沒好氣地說道：「你看你看，謝利連摩，你把你的消極情緒傳給了大家！」

我正要反駁，卻聽見汽車喇叭聲從門外傳來。大家紛紛擠到玻璃窗前，看見一輛粉紅和綠色條紋的四驅越野車閃閃發光，在店門前停了下來。

我以一千塊莫澤雷勒乳酪的名義發誓，那是傑克和吉爾的車啊，絕不會錯！

傑克和吉爾

他們一個美，一個帥，還很有生意頭腦！他們是老鼠島上最當紅的明星網紅！任何物品或是衣服，只要出現在他們的影片或是主頁上，不到幾個小時就會在整座老鼠島上銷售一空。

開車的是吉爾，傑克則坐在她旁邊。

他們一起下了車。傑克舉起**手機**，吉爾則大聲喊道：「朋友們，我們來啦！我們剛剛到達港口，接下來為大家探店。這家店叫⋯⋯」

傑克把鏡頭對準了自己和吉爾，還有他們背後的**招牌**，然後齊聲喊道：「叫⋯⋯*賴皮薄餅店店店！*」

直到這時，我才發現廣場上搭起了一個巨大的**熒幕**，上面正同步播放傑克手機拍攝到的畫面。這時，熒幕上突然出現了……賴皮的腦袋：他正衝出來迎接他們！

吉爾不禁抬起一邊眉毛，說道：「哈，這名字也太**好笑**了！」

傑克補充道：「小心啊，我們該不會……碰上耍賴的騙子吧?!」

賴皮說道：「什麼？當然不會啦！哎呀，賴皮是我名字啦！」

兩位網紅面面相覷，隨後爆發出一陣大笑：「怎麼會有店家犯這種**天大的錯誤！**用自己的名字作店名，卻不考慮它的輿論影響……」

我真想抗議：這麼挖苦我表弟，好像不太厚道！

但還沒等我開口，傑克和吉爾就踏着雙人舞的舞步進入了薄餅店，還不斷朝周圍的鼠羣微笑。

「大家好！我們這就開始探店……各位，**測試**開始！」

直到這時我才發現，陪他們一起前來的，居然還有讓妙鼠城裏所有餐廳聞風喪膽的老鼠：**普夫隆·煙熏鼠**。眾所周知，他可是城裏脾氣最火爆的名廚！

賴皮還杵在門口，**吃驚**得說不出話，身體也僵硬起來（真是難以置信！），而這時……

吉爾一屁股坐到了我們剛 **重新粉刷** 完的椅子上……

「啊啊啊，倒霉！我的鼠馳禮服算是徹底毀啦！！！」她尖叫着跳了起來。

可是，她立刻恢復了冷靜，對着攝像頭眨了眨眼，說：「沒關係，幸好有我們的朋友在：

有它在手，萬事不愁！」

菲湊到我耳邊，悄悄說道：「哇，你看，他們簡直是 **廣告天才**，任何事都能被他們拿來推銷產品。」

這時，傑克把鏡頭對準了我們剛剛搭建的巨型舞台，興奮地大喊：「這麼酷炫的舞台，絕對配得上一場高級演唱會！今晚是誰**登台**？泰勒·偶像鼠？還是鼠昂絲？」

班哲文立刻漲紅了臉：「呃，我想最多也就是我們的叔叔賴皮了吧⋯⋯」

傑克斜視了他一眼：「唉，白高興一場！」

就在這時，煙熏鼠大廚卻發出了一聲**狂吼**。

我不禁轉過身去：最擔心的事還是發生了！

只見他已經咬了口薄餅，還瞪着菜單⋯⋯

我歎了口氣，想起賴皮剛才還說：「還有什麼事能出岔子？」

咕吱吱，明明就是⋯⋯**所有事！！！**

這不，大廚的吼聲更大了：「這塊東西，你們把它叫薄餅？！還有，什麼叫棉花籽提取物？！

我的味蕾正遭受嚴重創傷！告訴你們，絕對不行！太爛了！」

他臉已經變得**通紅**，然後揮起爪子，掀翻了一切！

只是一眨眼的功夫，我的朋友們全都害怕得躲到了桌子底下。

所有鼠⋯⋯除了我！

很快，傑克就轉向賴皮：「不好意思，你們這店沒戲了！你看，你們都害得普夫隆味蕾失調了！真不行啊！」

好不容易，大廚總算恢復了冷靜。吉爾攙扶着他，一邊往外走，一邊喃喃説道：「唉，這怎麼辦……這家店同樣不適合我們的頻道推介！現在看來，還是『金薄餅』最有希望。」

我看了看賴皮：他正一臉絕望，坐在桌邊，用桌布擦着鼻涕。大家都試圖安慰他。

「振作點嘛，賴皮，又不是世界末日……」

但他一點兒也聽不進去：「你們説得容易，知不知道我有多在乎這家店！嗚啊啊啊！」

於是，我説：「一切都會好起來的，你看着吧！只要撸起袖子，好好改變態度……」

賴皮立刻打斷了我：「啊，你説得對！我太傲慢了……

嗚啊啊啊啊啊啊啊啊！」

我試圖安慰：「不是不是，千萬別這麼說……」

他則繼續說道：「我太自負了！！！」

「不是不是，千萬別這麼說……」

他繼續：「我是個大蠢蛋！！！」

「不是不是，千萬別這麼說……」

最後，賴皮一下**情緒爆發**了：「啊呀！總之，大笨蛋表哥，我說我傲慢、自負、是個大蠢蛋，那我就是！你可別……」

這時，他突然停了下來，然後說道：「啊，不對不對，**不好意思**，啫喱……我再也不會這麼說了！從今以後，我就金盆洗手，把一切都交給你……」

我以一千塊莫澤雷勒乳酪的名義發誓，我一定要讓他振作！

48

於是，我拚命搖起腦袋：「你難道忘了自己的夢想嗎？你難道就這樣放棄了嗎？傑克和吉爾還在外面。我這就出去，讓他們

再給你一次機會！」

我追了出去，湊到他們身邊。此刻，他們正在拍攝影片。於是我說道：「不好意思，打斷一下。請允許我自我介紹：我叫史提頓，謝利連摩·史提頓。」

吉爾的**雙眼**立刻綻放出熾熱的光芒。

「**謝利連摩・史提頓**，史提頓集團旗下《鼠民公報》的總編輯？我居然沒認出你！」

傑克仔細打量起我，一臉困惑：「沒錯，你比照片中看起來要更……更……更……」

我連忙說：「嗯，是啦，大家都這麼說。我可以請你們**幫個忙**嗎？」

吉爾興奮地回答：「當然啦，謝利連摩先生，我們都很欣賞你！說到底，我們可是同行呢！」

我問：「啊？真的嗎？」

傑克說：「當然啦！自從麗麗事件*後，你也成為了頂流網紅鼠，風靡

老鼠島！」

*想知道更多關於麗麗的故事，可看《老鼠記者106追蹤網紅鼠》。

他倆繼續說道：「話說，你需要我們幫什麼忙呢？」

我不禁歎了口氣。這時，賴皮走了過來，**垂頭喪氣**：「啊，這是我表弟賴皮・史提頓，他……」

賴皮插話說：「對於剛才發生的事，我真的很抱歉。」

吉爾卻直搖起頭：「不好意思……」

傑克在一旁補充道：「已經做的決定不會改變。我們不能**偏私**！」

我連忙說道：「我當然不是這個意思！只是……你們就不能再給他一次機會嗎？」

他們走到一旁商量了片刻，隨後回到我身邊，說道：「好吧，看在你的面子上……我們現在發起投票！反正我們一直在直播，就看看我們的**支持者**怎麼說！」

51

只是片刻功夫，大量評論已經湧了進來⋯⋯

大家都在問：犯了錯，是否還能再有一次機會，**還是不能？**

最後，傑克和吉爾齊聲宣布了結果：「賴皮·史提頓將獲得**第二次機會！**我們7天後再來，不多不少，就是7天！」

整整 24小時不停歇

　　我看看賴皮，然後拍了拍他肩膀：「不管這事多難，你一定能做到！」

　　賴皮向我投來堅定的目光：「**一定可以！**」

　　隨後，他轉向薄餅店……一路直衝廚房，還喊道：「戰鬥時刻到來啦啦啦啦！」

　　從那一刻起，賴皮的腦海裏就只有一個念頭：「**創造**出妙鼠城裏最好的薄餅，啊，不對

53

不對，是老鼠島上最好的薄餅。還是不對！是全世界最好的薄餅啦！」

為了實現目標……

咕吱吱！他把他自己和我關在廚房裏埋頭苦幹，整整**24小時**不停歇！！！我倆負責烹飪，親朋好友則輪流品嘗。

作為第一步，賴皮開始製作麵團。他試驗了各種不同的**麵粉**、油和酵母……

隨後，我們又嘗試了幾千種不同的配料組合，就算是再奇葩的組合，也不放過……

最後，我們把所能想到的所有烹飪技巧統統試了一遍……

這得需要多大的耐心呀！我們真的精疲力盡了啦！

可是……呃……其實比我們更疲憊的是**試菜員**，因為他們不得不面對各種考驗。如果我們不小心放了太多胡椒，他們的噴嚏就會一個接着一個打……要是薄餅很難吃，他們會「哇」的一下全都吐出來……還有就是**肚子痛**，止也止不住！我們依次從焗爐裏取出了……

❸ 星形薄餅

❹ 森林薄餅

總之，我們試了又試，烹製了**一千種**薄餅，各不相同。有的難吃極了，有的馬馬虎虎，只有極少數還說得過去……但無論配方還是做法，都需要改進！

不過，幾天之後，我們覺得已經有足夠把握，可以開門迎客。

請看我們準備的新菜單！

> ❦ **菜單** ❦
>
> ❧ **頂級洋蔥薄餅**
> （專治嚴重口臭！）
>
> ❧ **「快醒醒」薄餅**
> （辣椒提神醒腦！）
>
> ❧ **「明日節食」薄餅**
> （搭配乳酪和炸薯仔）
>
> ❧ **「付不起」薄餅**
> （搭配魚子醬和白松露）
>
> ❧ **重口味薄餅**
> （搭配葛更左拉乳酪和沙甸魚）

整個晚上都很**平靜**，這也多虧了麗萍姑媽為我們準備的洋甘菊消化茶！

56

可是突然，一位特別的女鼠走了進來，向我們點了⋯⋯所有薄餅！一個也沒少！咕吱吱！

這要求⋯⋯**也太奇怪了！**

我們什麼也沒多問，就按她說的做了。只見她不緊不慢，細細品嘗了每一種薄餅，但都只吃小小一塊。

她每嚼一口，賴皮都會在她耳邊問：「啊這，你只吃**一片**嗎？那剩下的呢？」

她總是聳聳肩，然後回答：「只嘗一口就夠⋯⋯」

當咬下最後一片薄餅的最後一口後，她站了起來，用誇張的動作吸引了賴皮的注意：

「賴皮・史提頓先生，**過來報告！！！**」

直到這時，大家才認出了她！

咕吱吱，我們全都嚇得鬍鬚亂顫⋯⋯

凡德爾‧吹毛求疵鼠

她是整座老鼠島上最威嚴的美食評論家，對薄餅尤其講究……大家也因此稱她為「薄餅學家」。她會低調秘密到餐館進行食評，直到最後才亮出身分，用那句著名的話語呼叫廚師……「過來報告！！！」

這位特立獨行的老鼠正是**凡德爾‧吹毛求疵鼠**——老鼠島上最著名的美食評論家！

賴皮夯拉着尾巴走向她，**戰戰兢兢**，**臉色蒼白**。

對方注視着他，一臉嚴肅，還用腳爪用力蹬了蹬地：「傑克和吉爾在網上大張旗鼓，問大家是否要給你第二次機會。我倒要親自來看看，究

58

竟是怎麼回事。」

　　接着她低聲説道：「另外我還聽説，普夫隆‧煙熏鼠對你**惡言相向……**這我可一點兒也不認同！」

　　賴皮結結巴巴地問道：「呃……那……你覺得我這些新薄餅怎麼樣？」

　　對方搖了搖頭，然後拔高嗓門説：「賴皮先生，説實話，我只説實話，**不折不扣的事實！**

　　賴皮立刻挺直身子，喊道：「我準備好了。請説實話，只説實話，不折不扣的事實！」

　　只見吹毛求疵鼠舉起一片薄餅，在他面前晃了起來，説：「看得出來，你花了許多功夫，付出了許多**心血**。看得出來，確實有進步。不過……這薄餅還是不夠好。要和其他對手抗衡，還少了些什麼！」

賴皮立刻哀求道：「求求你，快幫我個**小忙**，告訴我究竟還少了些什麼！你可是薄餅學專家呢！」

吹毛求疵鼠朝後退了一步，**一臉嚴肅**：「求我幫個小忙？！就算我告訴你答案，你也……未必能夠領會！顯然你還沒做好準備！凡事得自己摸索才行，否則哪還有什麼獎賞，有什麼成果，有什麼功勞？！如果非要我給什麼忠告，那就是，最偷懶的辦法**永遠不會**讓你成長！好了……你可以繼續回去做薄餅了！**別磨蹭！！！！**

隨後，她便一言不發，大步離開，只剩下我們大家，個個耷拉着腦袋。

只有艾拿出神地望着她，喃喃自語：「啊，她真是活力四射，雷厲風行！我敢肯定，要是她

60

參加**鼠拉松障礙耐力賽**，從鼠基斯坦直到泰勒托冰川，一定會是我的強勁對手……我還真想邀請她參賽。」

聽到這話，菲不服氣了。她輕蔑地說道：「哼！我看未必……哪有老鼠**跑**得比我更快！」

就在這時，麗萍姑媽在班哲文的耳旁輕聲說了些什麼，於是，班哲文立刻跑去拿來了平板電腦。

只見他們快速打了幾個字，隨後姑媽解釋道：「我們這就給史提頓家族的一位遠方親戚打個*視像電話*。你們不認識這位遠房表姐，她住在意大利，肯定能幫到我們！」

我也是很久之前認識她的，這還多虧了『千里尋』這個應用程式，幫使用者尋找遠房親戚！我發現我們**史提頓**家族在世界各地都有許多親戚！」

我驚得目瞪口呆：「姑媽，你什麼時候開始**上網**了，居然還會用**應用程式？**」

翠兒哼了一聲：「啊，啫喱叔叔，有時候你的腦袋真是裝着一堆乳酪呢……」

麗萍姑媽則一臉得意：「要輔導孩子們的功課，我也得跟上時代潮流嘛！」

我微笑着點點頭：「說得太好了！對了，**意大利**是薄餅的故鄉！姑媽，幸虧你想到了這一點。我們正在尋找的答案，說不定就在這位神秘又遙遠的親戚手裏！」

連線
意大利

　　我、賴皮和大家紛紛擠到平板電腦前。這時，一張**和藹可親**的女士臉龐出現在熒幕上，向我們微笑。

　　她頂着一頭濃密的深色鬈髮，穿着**一件圍裙**，上面寫着「瑪格麗特的薄餅」。

　　她向我們問好：「很高興認識大家！讓我做

個自我介紹。我是瑪格麗特，**瑪格麗特‧史提頓！**」

我立刻回應：「這名字真好聽！是一種花的名字！」

她的表情嚴肅起來：「什麼！明明是一種**薄餅**的名字！一看就知道你們對薄餅一竅不通！」

我和賴皮面面相覷，她則笑了起來：「總之，『瑪格麗特』是薄餅的**代名詞**，這一點大家都知道！難道不是嗎？」

賴皮立刻拍手說：「當然！**瑪格麗特**是最完美的薄餅！表姐，只有你能幫助我們！」

對方微笑着說道：「要做出美味絕倫的薄餅，就必須注重食材和烹飪技巧，研究*傳統*，

滿懷熱情！」

我忍不住驚歎：「說得太對了！」

賴皮則哼了一聲：「你們說得倒是容易！」

我責備道：「喂，賴皮，你可是答應過大家要好好**努力**的！」

他用手爪拍拍我肩膀，大聲說道：「沒錯，你這個謝利連摩！說到底，我可不是孤軍奮戰，對不對？我們一起努力！所以……你來負責記**筆記！**」

我雙臂交叉，抱在胸前，當作沒聽見。於是他嘀咕道：「好嘛好嘛，明白了啦！我自己來記嘛！」

就這樣，瑪格麗特娓娓道來，有關薄餅的一切，她知道的和她**熱愛**的，全都告訴了我們。

咕吱吱！簡直是把行家級薄餅學碩士課程濃縮在短短兩個小時裏！

瑪格麗特薄餅

今天，瑪格麗特早已成為最經典的薄餅……但是在它第一次出現時，卻絕對是一個大新聞！

1889年夏天，意大利國王翁貝托一世和他的妻子——薩伏依王朝的瑪格麗特來到**拿坡里**度假。他們想嘗嘗當地著名美食，也就是薄餅。當時，薄餅的主要原料可能是番茄、大蒜和橄欖油。就這樣，薄餅師傅拉斐勒·埃斯波西托和他的妻子被傳召到王宮。

但是，拉斐勒先生想為這個特殊的場合創造些新的東西。於是他準備了三種薄餅，其中兩種是傳統薄餅，但在第三種上加了特別的原料：莫澤雷勒乳酪。他想呼應意大利的三色國旗：**紅色**的番茄、**白色**的莫澤雷勒乳酪以及**綠色**的羅勒。

瑪格麗特王后大加讚賞，於是拉斐勒先生就決定以她的名字命名這種薄餅。第二天，瑪格麗特薄餅就出現在了大街小巷，並很快風靡全球。

瑪格麗特薄餅的誕生是傳統與創新的交融，也是為了慶祝意**大利**的統一！它蘊含了拉斐勒先生的激情與心血，我們應該永遠記住這一點……

最後，瑪格麗特向我們告別：「如果時間許可，我就會親自過來，幫你們一把。最後，不嫌我煩的話，我還想說一句……這件事是不可能獨自完成的。想成功經營一家薄餅店，**團隊合作**至關重要！」

我正準備回應，卻被賴皮搶了先：「你說得太對啦！其實，我有世界上最好的團隊支持我……」他望向在場所有的親朋好友，繼續說道：「如果他們肯原諒我！之前是我不負責任，把一切都扔給他們……現在我是真的準備好和他們一起努力了！」

聽到這樣**真誠的道歉**，大家全都笑了。坦克鼠爺爺代表大家說道：「我們都支持你，賴皮，一如既往支持你！」

菲又補充道：「也許我們也有錯，不該什麼都一手包辦……」

67

多愁點了點頭：「沒錯，我們只顧着自己的喜好，結果忘記了**目標……**」

蕾貝拉也説：「那還等什麼，*小甜心*？！有了美食評論家的提點和瑪格麗特的專業指導，我們一定可以做出世上最美味的薄餅，大家趕緊開始全新的

」

賴皮興奮地揮舞起雙臂：「沒錯！！！一分鐘也不能浪費……**明天早上再開始！**」

大家全都開心地笑了。我説道：「沒錯，表弟，我們的確需要休息。大家都忙了一整天……只有休息好了，才能有精神好好幹活！」

就這樣，第二天早晨，**天剛亮**大家就起了牀，紛紛來到薄餅店開會。

很快，我們就有了明確分工……

◼菲、多愁和蕾貝拉負責為薄餅店創造溫馨的氛圍。她們已經有了個絕妙的主意：利用牆壁作為**畫廊**，為妙鼠城裏剛剛出道的藝術家提供展示空間！

◼艾迪和艾拿負責整頓**廚房**，確保所有設備功能齊全、運作有序，這樣大家的工作才能更有效。

◼史奎克則負責採購食材原料，探訪妙鼠城周圍的所有地區，尋找**最好的**麵粉和莫澤雷勒乳酪供應商！

但大家一定會問：那

番茄醬汁呢？

關於這個嘛⋯⋯討論十分熱烈呢！

只聽賴皮大聲說道：「醬汁？這有什麼問題？現在用的已經是最好的了⋯⋯我是說價格！確切地說，它是贈品！」

史奎克・愛管閒事鼠不禁向他投去懷疑的目光：「哦？是嘛？這件事有點小奇怪呀⋯⋯一定隱藏着什麼小問題！」

賴皮不屑一顧：「什麼問題也沒有！」

史奎克挺直了身體，說道：「你這是在質疑妙鼠城裏最厲害的偵探嗎？」

說完，他便像一陣龍捲風一樣，立刻翻出一瓶醬汁，然後拿出從不離身的放大鏡，仔細研究起來。接着，他又在手機裏打了幾個字，然後打了33通電話，又先後嘗了13次醬汁⋯⋯

70

整整 7 分鐘後，他宣布：「首先，這瓶番茄醬只含有 **30%** 的番茄果肉，剩下的都是水、奶油、香料，還有不知道什麼的成分。其次，生產商是一家外國公司，沒有報告番茄來源，而且多年來都沒有經過品質檢驗。總之，這就是個 **垃圾！**」

賴皮結結巴巴：「可是，你看這多方便，線上下單，立刻到貨……」

這時，麗萍姑媽將手爪搭在了他肩上：「賴皮，我親愛的姪子，食材的 **品質** 容不得半點馬虎。難道你忘了瑪格麗特是怎麼說的？」

賴皮點點頭：「有道理，姑媽，你說得百分之百正確！」

特別的食材……

麗萍姑媽微笑着説道:「別擔心,我知道哪裏有我們需要的上好番茄……**本地直送!**」

半小時後,我、賴皮和麗萍姑媽已經來到了**新紅柿**——這個家庭農場是史提頓農莊的好鄰居,坐落在妙鼠城外的幸福山丘上。

紅柿是一位能幹的農民,他的農場專門種植**番茄!**

　　只見他笑臉相迎，熱情地問候我們：「大家好！是什麼風把你們吹來了這裏？」

　　麗萍姑媽指了指賴皮：「是我姪子！他需要許多番茄醬汁，用來做薄餅……不過，得**一流品質**！」

　　賴皮立刻補充：「沒錯，我可是醬料專家！」

　　但他連忙糾正：「嗯……我知道你一定是行家，我來這兒就是為了學習……」

　　對方立刻笑了，示意我們跟他走。那是一間木屋，裏頭有好多大鍋子，正飄出陣陣**香味**。在鍋子周圍，是成千上萬個番茄醬罐子！

　　紅柿解釋道：「我採用**有機種植法**，不使用農藥和化學物質！」

他又補充道：「這些番茄不僅美味⋯⋯而
且還有益健康！你們嘗過就知道！會讓你們舔着
鬍鬚 不肯放！」

賴皮的口水已經忍不住往外流：「真的嗎？
現在⋯⋯現在就可以嘗嘗嗎？」

紅柿立刻撬開一個**罐子**，然後拿起勺子遞
給賴皮：「當然可以！拿着！」

賴皮說嘗就嘗⋯⋯然後，他一臉興奮，
活蹦亂跳⋯⋯

只聽他大喊：「這**番茄**好吃極了，口感一級棒！為什麼我活到現在，今天才剛知道，真正美味的番茄，究竟是什麼滋味？」

就在他**手舞足蹈**之時，突然抓起了我的爪子，準備來一段即興圓舞曲……可是，他轉得那麼快……直接把我甩進了一鍋**醬汁**裏！

「賴皮！」我不禁急叫，「看看你幹了些什麼？!」

他卻斜視起我來：「我倒要問你都幹了些什麼好事？要是你想嘗醬汁，就該像我一樣禮貌地問人家，而不是騰地一下跳進去！」

紅柿開懷大笑，隨後朝賴皮擠了擠眼：「這鍋醬汁只能倒啦！」

這時，賴皮居然……在空中連翻了三個跟斗，然後「**撲通**」一聲也跳了進來！

咕吱吱！我的表弟真是無藥可救！

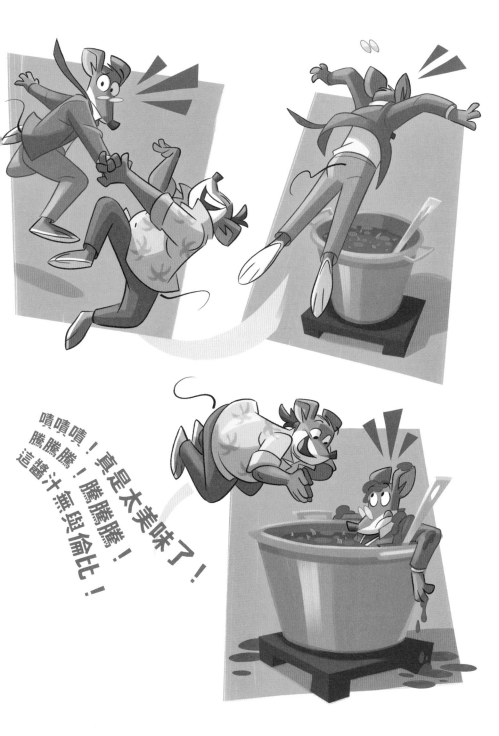

好嘛，我必須承認⋯⋯他的樣子真的很**滑稽！**

只見賴皮從醬汁裏探出腦袋：「跟你們説，真的太好吃啦！我要每天用它來洗澡！我再也離不開它了！」

他不顧**渾身上下**還掛着醬汁，「撲通」一下跪到紅柿面前，哀求道：「拜託，請你一定答應我，要做我們的長期供應商！只要我們聯手，一定能做出這世上最好吃的薄餅！」

紅柿激動萬分，一把握住他的手爪：「當然可以！**成交！**」

就在這時，馬克斯爺爺打來了視像電話：「孫兒，你這是怎麼回事？為什麼渾身上下都是番茄汁？你看看自己，我一不留神，你就闖禍！」

我笑了笑：「不是的不是的，爺爺，我跟你説，這一切都是⋯⋯」

他卻打斷了我：「好了，廢話少說！史奎克剛剛找到一家合適的 **乳酪廠** 。我把廚房的位置傳給你們，趕緊動身！」

我們迅速收拾了一下，便立刻重新上路。根據導航，我們走上了一條通往山上的小路，很快找到一片高山牧場，那裏有很多很多乳牛……

牠們的脖子上都掛着一個

正叮噹叮噹歡快地響着。

再往前些，就是 **吉佐·乳酪鼠** 的農莊啦！

爺爺和史奎克已經在那兒等着我們。在他們身旁還有一位身材壯實的老鼠，他的 **肱二頭肌** 十分發達，都讓我有些害怕了。

吉佐的話並不多：「幸會！情況我已經了解！」

然後，他帶領我們來到小屋的後面，那是一個專門製作乳酪的作坊。中間有一個**大木桶**，裝滿了牛奶，而他的兒子吉小佐（*同樣擁有非常發達的肱二頭肌！*）正用一把超長的**大勺子**攪拌着。

這時，吉佐突然說話了。

「*攪了攪，攪啊攪，攪了再攪，我爺爺總這麼對我說……慢慢地，莫澤雷勒乳酪就會出現了！*」

事實上，正當我們好奇觀察時，牛奶開始凝結。這時，他加快了手上的動作，而一塊塊的**莫澤雷勒乳酪**真的形成了！突然，吉小佐停了下來。他檢查了一下牛奶的溫度，然後把勺子遞給我。

我驚呼：「讓我來嗎？但**薄餅店**是賴皮的……」

吉小佐卻毫不理會，說道：「攪了攪，攪啊攪，攪了再攪，謝利連摩，別停下！」

他的語氣如此鄭重，彷彿不容置辯。

我只好照他說的做，**攪了攪，攪啊攪。**
這下我終於明白，為什麼這父子倆的肌肉會這麼發達！這工作也太累了！但說實話，學做莫澤雷勒乳酪，不僅有趣，還很有成就感呢！

咕吱吱，沒錯，就是我，是我親自動手做的乳酪！這體驗真是太奇妙啦！

最後，我筋疲力盡，但看着眼前這些**新鮮**的莫澤雷勒乳酪，我興奮得鬍鬚亂顫！

「快嘗嘗，告訴我，你們覺得怎麼樣……」

我饞得口水直流：我的辛勤勞動終於換來了**獎賞**！

但賴皮卻比我快，把乳酪全都搶走了。是所有乳酪！咕吱吱！

隨後他舔了舔鬍鬚，跪了下來：「太好吃了！拜託，請一定答應我，要做我們的長期供應商！只要我們聯手，一定能做出這世上最好吃的**薄餅**！」

吉佐微微一笑，十分高興：「當然願意！這件事情包在我們身上！」

這時，史奎克一聲令下：「現在準備好出發去尋找麵粉了嗎？」

賴皮用爪子狠狠拍了下額頭：「我以一千塊莫澤雷勒乳酪的名義發誓……差點把這事給忘了！我們當然需要**麵粉**，而且要很多……但更重要的是**品質**！」

史奎克瞇起眼，向吉佐眨了眨眼。吉佐只說了句：「跟我來！」

我驚訝地問：「難道你也生產麵粉？」

史奎克解釋道：「當然不是，你這個小傻瓜。他只是讓我們搭個順風車啦！」

於是我們全都上了吉佐的乳酪**貨車**，不一會兒，就來到了另一個農場。 只見一位女鼠朝我們迎面走來：她穿着一條紅白格子的**圍裙**，在她身後，矗立着一座磨坊，遠處是廣闊的麥田，中間有一條小溪穿過。

麥穗在微風的吹拂下彷彿一片廣闊的金色海洋……啊，這景象多麼美妙！

朵拉·麥穗鼠熱情地歡迎了我們，還帶我們參觀了她的大磨坊。

「溪水帶動大水車，使石磨轉動，磨碎**小麥粒**，把它們變成麵粉。整個加工過程，處處體現着我們的愛與熱情，各位在別處一定無法找到……即使到了今天，我們仍然沿用家族世代相傳的古老手藝。**石磨**可以防止小麥過熱……」

就在這時，賴皮又突然跪了下來：「拜託，請一定答應我，要做我們的長期供應商！只要我們聯手，一定能做出這世上最好吃的薄餅！」

朵拉激動地回應道：「我喜歡薄餅！你們需要多少袋？」

　　我們和朵拉談妥了一切細節。之後，吉佐便把我們送到了史提頓農莊。

　　我驚訝地問：「為什麼要在這兒下車？我們不是應該立刻去薄餅店嗎？」

　　賴皮也堅定地點了點頭：「沒錯！我們必須立刻開始做薄餅！」

這時，爺爺說：「真是兩個粗心的孫兒！你們是不是以為，**瑪格麗特薄餅**只需要麵粉、番茄和莫澤雷勒乳酪吧？嗯?!」

我和賴皮對視了一眼，恍然大悟：「不對！還缺少特級初榨橄欖油⋯⋯還有新鮮羅勒！」

我吱吱叫道：「啊呀呀，現在怎麼辦？」

就在這時，班哲文和翠兒從史提頓農莊裏跑了出來。

只聽班哲文大喊：「叔叔，別擔心！我們有個**主意，非同凡響**！!」

薄餅之歌

　　翠兒朝我們擠了擠眼：「沒錯！我們想過了，既然那些著名**歌手**都不想來，我們乾脆把薄餅店的舞台打造成一個開放舞台！誰要是願意**演奏**或表演小品，都可以來！」

　　班哲文卻用手肘推了推她，說：「不是這個啦，翠兒，我們要說的是另一件事！」

翠兒立刻用手爪拍了拍額頭：「哎呀，沒錯！我們是想說，為什麼賴皮不考慮**史提頓農莊**自己的產品呢？明明都經過有機認證，而且本地直送……就好像我們的

芳香四溢，成色金黃，用的還是我們自家橄欖園裏的橄欖！」

班哲文又補充道：「至於**羅勒**，菜園裏到處都是！」

我和賴皮對視了一眼，隨後爆發出一陣歡呼：「太好了！現在真的萬事俱備啦！」

我不禁大叫：「現在該輪到我們上場啦，賴皮！既然全部優質 食材 已經到位，我們就再也沒有任何藉口啦！一定要做出完美的瑪格麗特薄餅！」

聽我這麼說，賴皮不禁瞪大了雙眼。可是很快，他就回過神來：「沒錯！快！這就回店裏！」

只是片刻功夫，我們就回到了妙鼠城。一進到賴皮的薄餅店，我們就直衝廚房，開始**做起麵團**。我將手爪伸進麵粉，然後加了些水攪拌，不禁感歎：「啊！你有沒有感受到這個**古老的烘焙方式**帶來的滿足感？我們的爺爺嬤嬤一直都是這麼做的呀！」

賴皮只是點點頭，一言不發。

咕吱吱！這也太奇怪了呢！要知道，他可從來沒這麼安靜過。看來，他一定很投入！

我繼續說：「啊！小麥是多麼**珍貴**的食材，這是用一根根金黃的麥穗做成的呀！」

但賴皮只是歎了口氣，並沒有移開目光，直到我們攪拌完麵團！

咕吱吱！這也太奇怪了呢！看來，他一定是**全神貫注！**

這時，他終於開口說道：「我們得千萬集中精神。麵團發酵的時間絕不能錯（*根據麵粉的種類而不同*），這樣做出來的薄餅才容易消化！趁着等待的時間⋯⋯」

我試圖搶在他前面，眨着眼說道：「我們休息一下？」

「**當然不行！**」他尖叫道，「我們得幫大家一起布置大廳！」

咕吱吱！這也太奇怪了呢！以前一有機會，賴皮都會趁機偷懶休息的⋯⋯看來，他真的是**聚精會神！**

不管怎樣，他說得沒錯。於是，我們又繼續忙活了幾個小時，然後重新回到廚房。

我興奮地大喊：「看來一切都很順利！」

賴皮用圍裙擦了擦手爪，向我投來嚴肅的目光：「也許吧。不過，我們絕不能掉以輕心，必須更加 投入 才行。」

　　什麼什麼什麼？

　　我說，賴皮是不是過度 緊張 了呀？

　　這可一點兒也不像他呀……

　　我一邊為他擔心，一邊打開了發酵爐的一扇門，卻沒留神……

噗噗噗噗 噗噗噗噗！

　　一團又厚又黏的東西瞬間把我給淹沒了！

　　「咕吱吱！」我不禁尖叫。

　　「有個軟噗噗的 怪物 啊！誰來救我啊！」

但賴皮叫得更大聲：「什麼怪物啊？！你這個大笨蛋！那是薄餅**麵團**溢出來了啦！就是你剛才攪拌的那個，一邊還大談着金黃的麥穗和珍貴的小麥！你可能放了太多**酵母**……過了頭！」

這時我才仔細看了看……

咕吱吱，他說得沒錯！那根本不是什麼怪物啦，而是薄餅麵團！是我開小差，放了太多酵母……*整整7次！*啊，完蛋了啦！

我有些尷尬，承認道：「哎呀，這下我闖了大禍！不過我會清理乾淨，然後……」

賴皮卻打斷了我：「算了，還是交給我吧。幸虧，**我的**麵團是好好做的，不然一切都會被你毀了！」

我頓時啞口無言：這可一點不像賴皮呀……平時他總會取笑我，然後我倆再一起大笑！

我從沒見過賴皮這樣認真嚴肅，不過很快，我就明白了過來。

我溫柔地說道：「賴皮，跟我坦白說，你是不是很擔心再次**出岔子？**」

他突然放鬆了下來，說：「對不起，我是想說……總之……你說得對，我們再也沒有任何藉口了！我也不想讓史提頓家族再次失望……不想讓你再次**失望！**」

我一把將他抱住。

這時，一把稚嫩的聲音從我們身後傳來：「賴皮叔叔，你不必擔心！」

原來是翠兒，她剛和大家一起來到廚房：「你知道的，無論發生什麼，**我們都愛你！**」

班哲文補充道：「這還用說！而且我們知道，你正全力以赴！」

馬克斯爺爺也表示贊成：「當然啦，孫兒，

我們都為你感到驕傲！」

史奎克拿起一把鏟子，鄭重地宣布：「你忘了一件有點小重要的小事！那就是你熱愛薄餅，做薄餅總能帶給你無窮樂趣！不能在這個節骨眼兒上放棄啊！再說了，我們來這兒還有一個目的──娛樂！所以還等什麼……趕緊開始高唱！」

說着，他便有節奏地敲打起烤盤鏟來。

多愁、菲和蕾貝拉騰的往前一跳，一把抓起各種香料瓶，搖晃起來打節奏。

接着是艾拿和艾迪，也有節奏地敲打碗筷，班哲文和翠兒在一旁拍手，馬克斯爺爺和麗萍姑媽則彼此會心一笑……

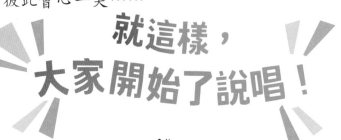

就這樣，大家開始了說唱！

「薄餅呀薄餅，美味頂呱呱！
用愛烹飪一份薄餅
陽光立刻朝我們灑！
薄餅呀薄餅，美味頂呱呱！
有伴分享一份薄餅，
歡聲笑語樂哈哈！
薄餅呀薄餅，美味頂呱呱！
大家一起品嘗薄餅，
夜晚的快樂無限大！」

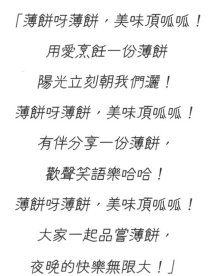

　　我看看賴皮，只見一滴淚珠從他的眼角滑下。隨後，他朝我**眨了眨眼**，開始在手指上旋轉一塊薄餅，唱了起來：

「薄餅呀薄餅，美味頂呱呱！
這個薄餅一定不差，
感謝這個溫馨的家！」

各位親愛的鼠民朋友，你們不知道，當時的那個節奏，真的太有感染力啦！於是……我也加入了大家一起唱呢！

只可惜那塊薄餅，在賴皮手指上旋轉的時候……不小心掉了下來。最後……不偏不倚，就落在我的腳爪下！

我做了一個非同凡響的**大開腳劈叉**（不得已的！）……需要艾拿、艾迪和賴皮一起，才能把我扶起來！

但這一切都值得：我看着家人和朋友們，都簇擁在賴皮周圍，開懷大笑。

我不禁喊道：「這首《薄餅之歌》簡直太棒啦！謝謝大家！最新的這一批薄餅完美無瑕（除了酵母有些小問題，呃……）。這絕對是**團隊協作**的成果！」

賴皮打斷了我：「是啦是啦，不過你能不能別再這麼老掉牙了行不行！聽得我們耳朵都長老繭啦！」

我看着他，**目瞪口呆**（我有些生氣，沒錯，就是生氣！）。

這時，他忽然笑了起來，說：「我是開玩笑的啦，謝利連摩大傻瓜！你說的都對！而且，你再一次提醒了我最重要的事：無論做什麼，都需要……**用心！** 現在……就讓我們盡情享受吧！」

就這樣，我、賴皮和所有親朋好友一起，重新開始做起薄餅來。

班哲文大喊：「我喜歡在薄餅上放斯卡莫澤乳酪！」

翠兒也不甘示弱：「我要放洋薊！」

史奎克提議：「放點小香蕉片，你們覺得怎樣？」

賴皮只覺得腦袋快爆炸了，不禁向我投來求助的目光：「呃，表哥表哥，這事交給你了行不行？」

我笑了：「放心吧，我有辦法！我們做些大薄餅，把它們切成塊。每個成員可以自行選擇配料，然後大家一起分享，畢竟我們是一個團隊嘛！」

大家齊聲喊道：「完美！謝利連摩的薄餅，萬歲！」

不知不覺，明天傑克和吉爾就要再度造訪了。但是，我們沒有被壓力擊垮。相反，在這個夜晚，我們舉行了一場愉快、有趣又極其精彩的⋯⋯薄餅派對！

薄餅派對十分成功。

賴皮和我把**薄餅**一個接一個地從爐子裏端出，班哲文和翠兒則帶領着他們的樂隊開始在舞台上表演。

蕾貝拉負責接待**各位朋友**，安排他們入座。

菲和多愁忙着介紹牆上的畫，它們都是當地藝術家的心血。

艾迪和艾拿在廚房和大廳**接手幫忙**，這樣大家可以輪流休息，享受片刻輕鬆。

馬克斯爺爺和麗萍姑媽和朋友們暢快聊天……

總之，一切的一切，簡直不能更理想！

偏偏就在這時，發生了……

一個意外！

賴皮的手機突然響了。只聽他響亮地說道：「喂？」

可是很快，他的鬍鬚就**亂顫**起來，因為緊張，連話都說不清了：「這……也就是說……所以……呃……總之……你們今晚就要做出決定？！不能等到明天？！請稍等……」

隨後，他捂住電話聽筒，臉色蒼白得像莫澤雷勒乳酪一般，喃喃說道：「傑克和吉爾今晚就要決定下一場拍攝的**場地！**」

班哲文和翠兒齊聲問道：「為什麼呀？」

他歎了口氣：「因為製片方把**拍攝**計劃給提前了。他倆說，目前只有『金薄餅』在他們的考慮範圍……因為那是妙鼠城裏最獨特的場地。我們該怎麼辦？」

馬克斯爺爺提議：「這簡單！我們乾脆豁出去，直接邀請他們參加我們的

賴皮靠在了灶台上。

「我覺得還差一口氣⋯⋯我們還沒準備好⋯⋯」

我給他打氣：「表弟，**不怕！** 我們的方向沒錯⋯⋯也許我們沒有妙鼠城裏最獨特的場地，但我們有美味無比的薄餅呀！一切都會順利的！」

大家異口同聲地喊道：「*沒錯！！！！*」

於是，賴皮重新拿起聽筒，說道：「那我們正式向兩位發出邀請⋯⋯**就現在！**」

兩分鐘後⋯⋯傑克和吉爾已經出現在店裏。

咕吱吱，他們怎麼會這麼快呢？！

我四下張望：咦？普夫隆・煙熏鼠在哪兒呀？上一次，這位**苛刻的**大廚不是和他倆一起來的嗎？我們需要征服的難道不是他嗎？

但我看見的卻是另一位老鼠，之前從沒見過。

他一邊朝我們走來，一邊好奇地看着四周。

他看起來**和藹可親**……

也許我們有希望了？

他禮貌地向大家問好：

「大家晚安！我是**佩佩．胡椒鼠！**」

賴皮不禁瞪大雙眼。

「您就是……傳說中的胡椒鼠？**鼎鼎有名的薄餅大師？**擁有全世界最好的薄餅店？你是我們所有薄餅師的**偶像**啊！」

對方笑了，朝他鞠了一躬：「感謝你的溢美之詞，榮幸之至。沒錯，我的確是弗蘭克．胡椒鼠。朋友們都親切地叫我佩佩！」

賴皮不禁好奇地問：「恕我冒昧，只是……只是您不是在**意大利**生活工作嗎？」

對方又笑了：「當然，我來自意大利。這次來老鼠島是看我的朋友，也就是傑克和吉爾，同時也是為了幫他們做決定。我很**好奇**，不知道妙鼠城裏的薄餅，究竟是什麼滋味。」

接着他就和我們一一握爪，還對我們說：「用『你』相稱就好！大家都是同行，而且還有一個共同點：

都喜愛美味的薄餅！」

賴皮立刻興奮起來，撸起袖子，轉向我說道：「表哥，你準備好了嗎？現在輪到我們上場了。薄餅萬歲！」

我們走向廚房，彼此看了一眼，都有些**緊張**。

我們想做些不一樣的，這樣才能體現我們對這項事業的**熱愛**……但具體是什麼呢?!

事實就是，我們在漆黑的廚房裏摸索着前行，最後，我被一塊掉在地上的抹布給絆倒，又像平時那樣把一切弄得亂七八糟……咕吱吱！

我撞翻了滿滿一瓶**醬汁**，在廚房的枱面上形成了一個……

班哲文和翠兒原本跟在我們身後，想給我們打氣，齊聲喊道：「你們想要的，就是這個！」

他們來到我們身旁，一起製作起**瑪格麗特薄餅**：有些奇怪的瑪格麗特。我們把麵團做成心形，然後在薄餅底部鋪上莫澤雷勒乳酪，又用番茄醬汁在中間畫了一個**心形**。

最後，在薄餅出爐後，我們撒上了切碎的**羅勒**，彷彿慶祝用的彩色紙屑一樣。對我們來說，這就是一個盛大的節日嘛！

與此同時，菲也安排傑克、吉爾和佩佩來到位置最好的餐桌旁就坐。

賴皮把**薄餅**穩穩地端到客人面前。

三位老鼠湊近聞了聞，但臉上沒有露出絲毫表情。

賴皮低聲說道：「**真相**即將揭曉！」

大家全都屏住呼吸，而三位客人則開始嘗起**熱騰騰**的薄餅。

傑克細細品味，半瞇着眼，然後轉向他的朋友：「吉爾，你是不是也覺得⋯⋯」

　　吉爾點了點頭回答：「是的，傑克，我也覺得⋯⋯」

　　但在發表意見之前，他倆都轉向了佩佩，並用手機鏡頭對準他，認真地問道：「你是個**大專家**，你說呢？」

佩佩切下一小塊薄餅，聞了聞，然後細細品味，若有所思。

緊張的氣氛簡直達到了高潮！

咕吱吱！我們開始鬍鬚亂顫。壓力太大了啦！

謝利連摩薄餅

終於，佩佩鄭重宣布：「這個薄餅……回味無窮！在我看來，它是薄餅中的王者，完勝我們已經嘗過的所有薄餅！」

「唰」的一下，賴皮的臉先是蒼白得像麵粉，隨後又漲紅得像番茄，最後發青，彷如羅勒……

只聽賴皮喃喃說道：「這是真的嗎？啊啊啊！！！」

隨後，他便暈了過去。

我立刻搖醒他。

他剛一清醒，就大叫起來：「我沒聽錯是不是？」傑克和吉爾默契地對視了一眼，隨後吉爾宣布：「賴皮・史提頓，對我們來說，評判一家薄餅店的標準從來都是品質，而不是包裝！所以我們一直沒想好，是否真要選擇『金薄餅』。沒錯，他們的場地的確華麗，但要說薄餅……還真不怎麼樣！」

賴皮咕噥道：「這也太意外了……」

傑克繼續說道：「你的薄餅無可匹敵！」

賴皮又說：「這也太意外了……」

這時，兩位網紅齊聲說：「現在我們正式宣布，最後的獲勝者是……賴皮・史提頓！」

賴皮大喊：「嘩，太好了！這也太意外啦！！！！」

隨後，他一把將我抱住：「居然被你說中了，表哥！謝謝你！要不是你的鼓勵，我不可能發揮最佳水準！你說得對，問題的關鍵，一直都是，而且只是……薄餅！」

隨後他大喊：「為了表達感謝，我決定將這家店的名字改成……

謝利連摩薄餅！」

說着，他便開始在桌子間手舞足蹈，唱道：

「薄餅呀薄餅，美味頂呱呱！
有了愛和熱情之花，
它的口感一定絕佳！」

傑克和吉爾不禁好奇起來：「嘩，這旋律真好聽！請問是什麼歌？」

班哲文興奮地說：「這是《薄餅之歌》。你們想聽嗎？我全都錄了下來！」

與此同時，佩佩也向賴皮表示祝賀：「真是好樣的。恭喜你，有了新店名，非常好聽……但最重要的是，**恭喜你**做出了這麼好吃的薄餅！」

賴皮一下漲紅了臉：「謝謝你，佩佩！能得到你這位專家的肯定，我更激動了！」

佩佩遞給他一張名片。

「有空歡迎來**意大利**找我，來我的薄餅店看看！」

賴皮笑了：「那真是太榮幸了！我可以把家鼠和朋友一起帶上嗎？畢竟，這薄餅是大家的功勞！」

佩佩點點頭：「當然！現在我明白了，這薄餅為什麼會**與眾不同**。」

賴皮把我往前推了一步：「就比如謝利連摩，要不是他，我一定沒法成功。」

我有些不好意思了：「謝謝你這麼說！可是……我是記者，可不是薄餅師！」

這時，佩佩向我們娓娓道來：「其實我也是半路出家。在開薄餅店前，我曾是一名體育老師。可是我發現，薄餅對我的吸引力越來越大。你說得對，好的薄餅，一定是團隊協作的成果。在我周圍，就有一羣出色的好幫手，有時他們懂得比我還多……比如食材，我依靠的就是當地的專業人士！」

賴皮激動地說道：「太巧了！我們就是這麼努力搜羅優質、有機和本地直送的食材！」

佩佩表示贊同：「做得好，我親愛的朋友們！這才是正確的方向，原料簡單純正，再加上用心烹飪！」

直到這時，我們才發現，傑克和吉爾在全程拍攝！

吉爾一邊盯着手機，一邊興奮地說道：「朋友們，結果揭曉啦！我們下一場表演的場地將是⋯⋯*謝利連摩薄餅*！」

傑克補充道：「因為我們只在這裏嘗到了**用心烹製的薄餅**！！！」

他們剛宣布結果，就有成千上萬條評論湧了進來，整座妙鼠城，啊不，是整個老鼠島，都在討論我們！

好事還不止這一件！傑克和吉爾還把我們的《薄餅之歌》⋯⋯選作他們下一場表演的**開場曲**！

從那一天起，我們的薄餅店總是門庭若市，因為它已經成了老鼠島上最受歡迎的地方。大家可以在這裏品嘗到美味絕倫的薄餅，原料簡單純正，而且⋯⋯是**用心**烹飪的！

這可是史提頓說的！謝利連摩・史提頓！

弗蘭克·胡椒鼠
的獨家薄餅配方

麵團配方：

（大約三個300克的小麵團）
- 中筋麵粉500克
- 水350毫升
- 啤酒酵母3克
- 鹽15克

請在大人幫助下完成！

　　首先準備薄餅麵團。將水倒入碗中，加入麵粉和鹽，然後**慢慢攪拌**，用手充分攪拌均勻麵糊。在此過程中加入啤酒酵母，**揉麵糊，約10分鐘**，直到所有原料混合均勻。

　　隨後，用布蓋住麵糊讓它發酵，**靜置**5至6個小時。然後，檢查麵團，把它切成三個小麵團，再靜置2至3個小時，繼續發酵。

餡料配方：

- 格呂伏爾乳酪熔化醬（乳酪和忌廉）120克
- 羊乳酪20條
- 核桃仁15顆
- 混合生菜20克
- 蜂蜜5克
- 煙熏斯卡莫澤乳酪60克
- 特級初榨橄欖油7克

在烤盤上抹上油，然後取一份麵團，用手直接在烤盤上擀平**麵團**，確保邊緣均勻，然後靜置半小時。

用**格呂伏爾乳酪熔化醬**為薄餅調味，然後放入已預熱至攝氏250度的焗爐，烘烤10分鐘。在5分鐘時，再加入**煙熏斯卡莫澤乳酪片**。烤好後，在薄餅上加入混合生菜、核桃仁、蜂蜜和**羊乳酪條**。

獨家建議：

- 乳酪熔化醬：在火上加熱奶油，直至濃稠度增加一倍，然後加入磨碎的格呂伏爾乳酪。
- 羊乳酪條：將磨碎的羊乳酪在平底鍋中加熱，直到達到適當的濃稠度。

故事講完啦，你們都喜歡嗎？

告訴你們一個小秘密：每天開始工作前，我都會先和小麵條出去散步，而我的靈感，都是在那時出現的呢！

妙鼠城

你能在地圖上找出故事中提及的金薄餅店嗎？

親愛的鼠迷朋友，
下次再見！

謝利連摩·史提頓

Geronimo Stilton

老鼠記者 Geronimo Stilton

與老鼠記者一起
歷奇探險走天下！